Le bosquet d'épines

Jibber Jabber

REMERCIEMENTS

Dans un royaume extraordinaire, vivaient deux frères ordinaires nommés Percy et Albert. Percy et Albert étaient des boulangers qui fabriquaient les meilleurs gâteaux, pains et pâtisseries de tout le pays. Comme presque tout le monde dans le royaume, les frères étaient pauvres malgré leur travail acharné.

Un jour, le roi décida de préparer une grande fête. Ce n'était pas inhabituel. Le roi organisait des fêtes presque chaque semaine. Il célébrait tout. Cette fois-là, le roi faisait une fête parce que la chatte de la grand-tante de la fille de la sœur de son cousin avait récemment eu des chatons. C'était une bonne raison pour faire la fête. Comme d'habitude, le roi commanda un énorme gâteau aux deux frères. Comme ils n'avaient qu'une journée pour le faire, les frères restèrent éveillés toute la nuit. Après de nombreuses heures de cuisson, de glaçage et de décoration, ils livrèrent le plus grand et le plus beau gâteau qu'ils eussent jamais fait. Le gâteau avait la forme d'un chat orange géant et l'intérieur avait un goût de chocolat, de vanille et de biscuits à la crème.

Malgré leur magnifique travail, les frères ne s'attendaient pas à être bien payés. Le roi égoïste ne leur avait jamais donné beaucoup d'argent. Cependant, les boulangers furent stupéfaits d'apprendre qu'ils ne seraient pas payés du tout ! Percy, le frère aîné, s'éloigna, déçu et inquiet. Il se demandait comment ils allaient pouvoir payer leur nourriture et leurs approvisionnements. Albert, le jeune frère, ne s'éloigna pas. Il jeta son manteau et se tint debout au milieu de la salle de bal bondée.

« Nous ne partirons pas tant que nous ne recevrons pas un paiement équitable », déclara Albert avec audace.

Le visage du roi pâlit un instant, puis devint cramoisi de rage.

« Comment oses-tu interrompre ma fête, paysan ? » s'écria le roi. « Tu n'es qu'un humble boulanger ! On t'a donné le privilège, l'honneur, de préparer un gâteau pour ton roi, et maintenant tu veux de l'argent ? »

Le roi furieux saisit son épée. Le prince, qui était bien plus gentil et raisonnable que son père, tenta d'intercéder, mais en vain. Le roi leva son épée et trancha la tête du pauvre Albert, laissant Percy porter les restes de son frère jusqu'à chez eux.

Heureusement, même si la tête d'Albert fut coupée, il ne périt pas. En effet, les gens étaient beaucoup plus robustes à l'époque. Ils étaient beaucoup plus difficiles à tuer. Albert n'était pas mort, mais il allait bientôt l'être si Percy ne faisait rien pour l'aider. Percy avait besoin de magie pour rattacher la tête. Il n'y avait qu'une seule chose qui pouvait fonctionner : il avait besoin de deux pétales de roses bleues magiques.

Elles étaient très faciles à trouver. Percy savait exactement où elles se trouvaient. Tout le monde le savait. Il suffisait de franchir la colline, de traverser le pont branlant, de s'enfoncer dans l'obscurité profonde de la forêt dans l'obscurité profonde de la nuit, de trouver l'arbre avec la porte magique, de franchir la porte magique qui servait de portail magique, d'escalader la montagne de la mort et des ténèbres et de s'enfoncer dans le bosquet d'épines enchanté, pour trouver les roses bleues. Ce n'était pas si compliqué. Ce fut donc ce que Percy fit.

Il franchit la colline, traversa le pont branlant, pénétra dans l'obscurité profonde de la forêt, dans l'obscurité profonde de la nuit, trouva l'arbre avec la porte magique, traversa la porte magique qui servait de portail magique, et franchit la montagne de la mort et des ténèbres.

Mais c'était la partie la plus facile. Le plus difficile était de traverser le bosquet d'épines. Le bosquet était assez capricieux. Il n'aimait pas les visiteurs. Dès que le boulanger fit un pas dans le bosquet, celui-ci le frappa de ses épines. Le boulanger resta immobile pendant que le bosquet continuait à l'attaquer et à le piquer. Il ne repoussa pas les branches et n'essaya pas de se protéger. Il ne bougea pas du tout.

Enfin, quand le bosquet vit que Percy n'avait pas l'intention de lui faire du mal, il cessa de l'attaquer. Il écarta ses branches et laissa passer le boulanger gravement blessé. Là, au milieu du bosquet, se trouvaient les plus belles roses bleues.

« Tu ne dois prendre que ce qui est nécessaire, sinon je ne te laisserai jamais partir », l'avertit le bosquet.

Le boulanger acquiesça, cueillit deux pétales bleus et les mit dans sa poche. Il sortit du bosquet d'épines, franchit la montagne de la mort et des ténèbres, traversa la porte magique dans l'arbre qui servait de portail magique, traversa l'obscurité profonde de la forêt dans l'obscurité profonde de la nuit, traversa le pont branlant, franchit la colline, et retourna chez lui.

Il posa le corps de son frère sur la table et l'assembla du mieux qu'il put. Percy sortit de sa poche les deux pétales bleus et les plaça sur les yeux de son frère. Les pétales se flétrirent immédiatement. Albert ouvrit les yeux et se redressa, la tête à nouveau attachée ! Les frères étaient fous de joie. Il y eut un bref moment de panique lorsqu'ils crurent avoir mis la tête dans le mauvais sens, mais ils se rendirent vite compte que c'était seulement la cape qui était à l'envers. Ils étaient heureux. Leurs voisins étaient heureux. Tout le monde était heureux... enfin, tous sauf le roi.

Lorsque le roi apprit la nouvelle, il se mit à crier et à taper du pied. Dans un accès de rage, il avait coupé la tête de quelqu'un mais c'était rattachée complètement le lendemain. Comment avaient-ils osé inverser ce méfait de furie ! Le roi malveillant voulait punir les frères, il mit donc au point un plan sournois, vicieux et diabolique. C'était tellement horrible que je ne sais même pas si je devrais vous le dire.

Mais je vais le faire. Le roi utilisa un sac de farine empoisonnée. Ce n'était pas très créatif, mais cela n'avait pas d'importance tant que c'était efficace, et ce fut très efficace. Tard dans la nuit, le roi se faufila dans la maison des boulangers et remplaça un sac de farine ordinaire par son sac empoisonné. Le lendemain, les boulangers utilisèrent la farine pour faire du pain. Percy aimait lécher le surplus de pâte sur la cuillère. Dès qu'il y goûta, il s'effondra sur le sol.

Ne vous inquiétez pas. Il n'était pas mort. Je vous l'ai dit, les gens de l'époque étaient robustes. Percy n'était pas mort, mais Albert ne pouvait pas le réveiller. Percy ronflait bruyamment, il dormait profondément. Albert savait qu'il n'y avait que deux façons de le réveiller. La première était en recevant un baiser de son grand amour. Malheureusement, Percy et sa petite amie s'étaient disputés la semaine précédente. Ils n'avaient pas rompu, mais ils n'étaient pas vraiment ensemble non plus. Disons qu'ils ne traversaient pas une bonne passe. Elle ne pouvait pas l'embrasser. Cela aurait été trop maladroit et un peu présomptueux.

Il n'y avait qu'un seul moyen de sauver Percy : Albert devait
se procurer les pétales de roses bleues magiques. Il saisit son épée
et se mit en route. Il franchit la colline, traversa le pont branlant et .
. . Vous connaissez maintenant la complexité de ce voyage, alors
passons directement au bosquet d'épines.

Dès qu'Albert fit un pas dans le bosquet, celui-ci le piqua durement, mais il riposta avec son épée. Ils se battirent encore et encore. Enfin, le bosquet comprit qu'Albert n'abandonnerait jamais, et il céda. Il écarta ses branches et permit au boulanger blessé de passer. Là, au milieu du bosquet, il trouva les plus belles roses bleues.

Le bosquet l'avertit : « Tu ne dois prendre que ce qui est nécessaire, sinon je ne te laisserai jamais partir. »

Le boulanger cueillit deux pétales bleus et les mit dans sa poche. Il sortit du bosquet d'épines et reprit le chemin tortueux vers sa maison.

Après avoir placé les pétales sur les yeux de son frère, ils se flétrirent. Percy ouvrit les yeux et fut immédiatement rétabli. Ils étaient si heureux. Les voisins étaient heureux, mais je parie que vous pouvez deviner qui n'était pas heureux. Le roi. Il avait essayé de tuer deux personnes gentilles et courageuses, et pourtant elles avaient réussi à survivre. Je ne peux imaginer rien de plus frustrant pour lui.

Il décida donc de détruire ces roses bleues. À quoi bon tuer des gens si leurs proches peuvent utiliser ces fleurs pour les sauver ? Le roi franchit péniblement la colline, trébucha sur le pont branlant, erra dans l'obscurité profonde de la forêt dans l'obscurité profonde de la nuit, trouva à peine l'arbre avec la porte magique, trébucha à travers la porte magique qui servait de portail magique, et haleta sur la montagne de la mort et des ténèbres.

Il s'approcha du bosquet d'épines enchanté. Le bosquet lunatique était encore plus irrité que d'habitude à cause de sa dernière rencontre avec le boulanger agressif. Il ne voulait pas laisser passer le roi, qui leva son épée, fonça sur le bosquet et commença à se battre. Mais le roi n'avait pas la même détermination et le même courage que les boulangers. Il abandonna bientôt et tenta de s'échapper, mais le bosquet ne le laissa pas partir. Il continua à le piquer et le roi ne put jamais s'en aller.

Au bout d'un certain temps, alors que tout le monde pensait que le roi ne reviendrait jamais, le prince fut couronné roi. Après son couronnement, il y eut une fête. Le nouveau roi demanda aux deux boulangers de lui préparer un délicieux gâteau. Mais cette fois-ci, les boulangers furent bien payés et personne n'eut la tête coupée.

La fin

Merci d'avoir lu mon livre ! Voici une carte postale gratuite que vous pouvez télécharger :

https://jibberjabberblog.blogspot.com/2023/05/the-thorn-thicket-postcard.html

Vous pouvez obtenir des pages à colorier gratuites ici !

https://jibberjabberblog.blogspot.com/2023/05/free-thorn-thicket-coloring-pages.html

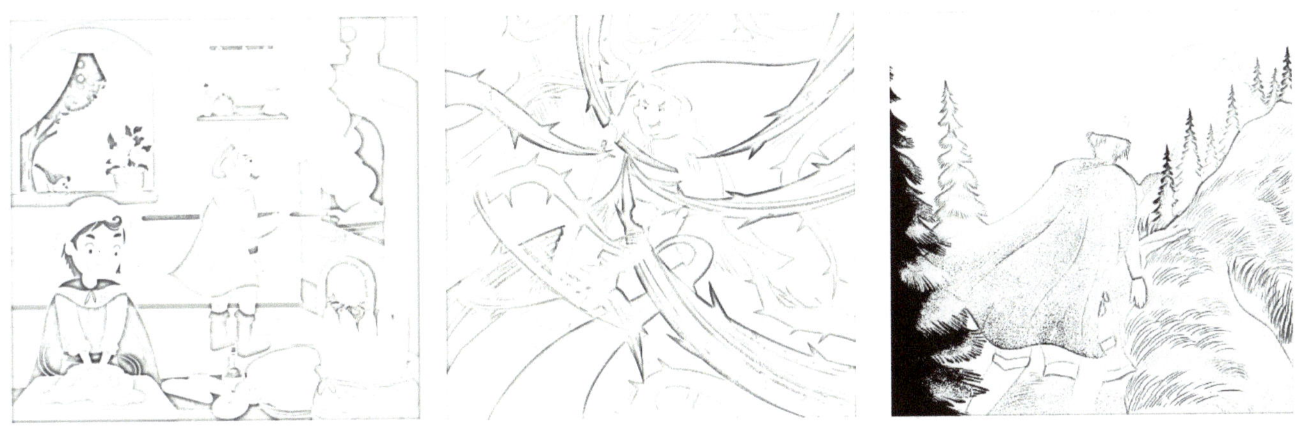

 La narration du livre est disponible ici !

https://jibberjabberblog.blogspot.com/2023/05/the-thorn-thicket-video.html